Para Chema, Hugo y Carmen.
Que sigamos aprendiendo juntos las cosas importantes.

P. G.

La fórmula 5, 4, 3, 2, 1 para calmar el enfado gatuno
(Manual para desenfadarse)

Primera edición en castellano para todo el mundo: mayo 2024
© Tramuntana Editorial – Rambla de la Generalitat, 41-47
17220 Sant Feliu de Guíxols (Girona)
www.tramuntanaeditorial.com

ISBN: 978-84-19829-22-1
Depósito legal: GI 173-2024
Impreso en CHM Cachimán - España

La fórmula 54321 para calmar el enfado gatuno

Tramuntana

La gata Renata
es del color de la nata.
Y tiene una mancha plateada
que cambia de color cuando se enfada.

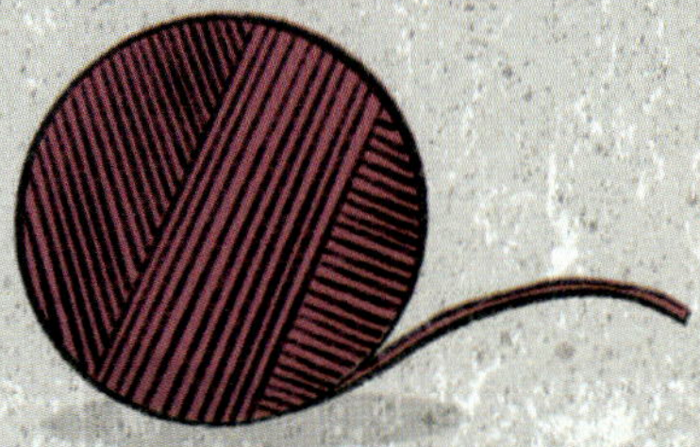

Mientras duerme acurrucada,
si canta muy alto el grillo,
despierta tan enfadada,
que se vuelve de color amarillo.

¡CRI!

A la hora de jugar,
Renata es muy ordenada.
Cada cosa en su lugar...
¡o se volverá morada!

RENATA

Cuando le entra apetito
es cuando ella más se enfada.
¡Dale pronto un pescadito
o se pondrá colorada!

RENATA

No creas que estoy de guasa,
que no le gusta enfadarse.
Así que cuando le pasa,
ha aprendido a relajarse.

Renata tiene un truquito
que consiste en concentrarse
en lo que siente bonito.
Y del resto, olvidarse.

PÍO
MIAU
GUAU

Cuando se nota nerviosa,
cuando siente ese agobio gatuno,
recurre a una fórmula asombrosa:

El:

5 cosas con la vista:
árboles, flores, la granja,
la ventana, ¡un alpinista!
Y la mancha ya es naranja.

3
4
2
5
1

4 sonidos a escuchar:
fuera canta un herrerillo,
una abeja, la radio, el mar,
¡Y ya es de color amarillo!

1
2
3
BZZZZ
4

3 cosas que pueda oler:
su cama recién lavada,
la lavanda o llover,
¡Vuelve a ser color plateada!

1
2
3

Y por fin llegó el sosiego.
Ya se ha marchado el enfado.
Pero sigue con su juego,
que aún no hemos acabado.

2 1

2 cosas para tocar,
esta es su favorita,
su gatera de jugar
...

2

... Y los brazos de Margarita.

Y por fin, para acabar
y que no vuelva el enfado,
algo que saborear.
¡1 delicioso bocado!

1
RENATA

Y colorín colorado,
si esta historia te ha gustado,
piensa en la gata Renata
cuando tengas un enfado.